La vengeance de Crabouille

Jean-Marie Defossez est belge et vit dans une petite ferme de Loire-Atlantique. Docteur en zoologie de l'Université de Liège, il est devenu romancier pour la jeunesse. Il a également composé des pièces de théâtre et anime des ateliers d'écriture. Ses romans sont publiés par les éditions Michalon, Père Castor, Rageot, Casterman et Bayard Jeunesse.

Pronto est né en 1960 à Dijon. Illustrateur et graphiste, il travaille régulièrement pour Bayard Jeunesse, Diabolo et Je lis déjà ainsi que chez d'autres éditeurs : Épigone, Nathan, Larousse et Hachette.

Du même illustrateur dans Bayard poche :
Un martien dans le frigo (J'aime lire)

Dépôt légal : octobre 2006
Loi du 16 juillet 1949 sur les publications destinées à la jeunesse.

La vengeance de Crabouille

Une histoire écrite par Jean-Marie Defossez
illustrée par Pronto

J'AIME LIRE
BAYARD POCHE

1
Étranger !

J'avais tout juste neuf ans lorsque je pris le train pour la première fois. C'était en 1948, peu après la guerre. Depuis la gare de Paris, les paysages avaient drôlement changé. Moi qui étais habitué aux rues pavées et aux maisons à étages, je découvrais la campagne avec émerveillement. Les bois, les forêts, les champs, les prairies, des fermes isolées, des rivières.

J'étais triste de quitter ma mère pour les vacances. Mais, depuis la mort de mon père, maman travaillait comme couturière. Son salaire était minuscule. Nous avions juste assez d'argent pour vivre. En plus, cette année-là, tout coûtait très cher à Paris.

Un soir de juin, en me mettant au lit, elle m'avait posé la question :

– Benoît, mon chéri, te sens-tu capable de prendre le train tout seul ?

– Pourquoi ? avais-je demandé, tout surpris.

Ma mère avait doucement caressé mes cheveux et répondu :

– Grand-mère serait heureuse de t'avoir avec elle pendant les vacances. Je ne peux pas t'accompagner. Je dois rester à Paris pour mon travail.

Partir seul me faisait très peur, mais j'avais répondu oui. Et, quatre semaines plus tard, j'étais dans ce train en partance pour l'Auvergne !

Le voyage dura toute la journée. Je n'en pouvais plus. La grosse locomotive à vapeur s'arrêtait dans chaque gare. Enfin, le train arriva à...

– Darsac ! Trois minutes d'arrêt ! cria le chef de gare.

Sans oublier ma valise, je descendis du train. Au bout du quai, j'aperçus une silhouette toute fine et un peu voûtée.

– Grand-mère ! criai-je en courant dans sa direction.

– Bonjour, mon petit Benoît, dit-elle en m'embrassant. Le voyage n'a pas été trop long ?

Grand-mère me prit par la main, et nous sortîmes de la gare. Je demandai :

– Tu habites ici, Grand-mère ?

– Non, mon petiot. Ici, c'est Darsac. Moi, j'habite Vernassal, c'est à trois kilomètres. Il va falloir marcher.

Les routes et les champs étaient bordés de haies sauvages. Un peu partout s'élevaient de petites montagnes boisées.

– Dis, Grand-mère, c'est quoi, ces petites montagnes ?

– Ça, mon petiot, ce sont les volcans d'Auvergne, m'expliqua-t-elle.

– Des volcans ? Mais c'est dangereux, les volcans !

J'imaginais déjà des cratères fumants, crachant du feu, prêts à exploser.

– Oui, répondit-elle. Mais, ici, ils sont éteints depuis longtemps.

– Comment fait-on pour éteindre un volcan ?

– Je n'en sais rien, mon petiot. À vrai dire, je ne me suis jamais posé ce genre de question.

Avec Grand-mère, c'était comme ça. Soit elle savait, soit elle ne savait pas, et puis c'était tout.

Une petite heure plus tard, j'étais dans sa maison, attablé devant un bol de lait chaud.

– Bois, mon garçon ! Il est tout bon, je l'ai tiré ce matin.

– Tiré d'où, Grand-mère ?

Elle était gentille, Grand-mère. Elle m'avait préparé un grand lit avec des draps tout frais. Ce soir-là, je dormis comme une marmotte. Je rêvais de la locomotive qui crachait de la lave et du lait bouillant.

Au matin, Grand-mère se leva la première. Je déjeunai avec du pain gris et un œuf à la coque.

– Et maintenant je fais quoi, Grand-mère ?

– Va jouer, me dit-elle.

Vernassal était un tout petit village : à peine trente maisons. Il avait quand même sa fontaine, son église, son école et une bande d'enfants de mon âge.

Quelques garçons jouaient au foot avec une balle difforme. Trois filles les encourageaient.

Ils devaient bien voir que j'avais envie de jouer avec eux, mais aucun ne m'adressa la parole. Alors, je m'assis simplement sur un muret pour les regarder.

Tout d'un coup, la balle sortit du jeu et roula dans ma direction. J'aurais bien shooté dedans pour la renvoyer, mais…

– Touche pas ! cria l'un des garçons.

Il s'avança pour récupérer le ballon.

– Pourquoi vous ne voulez pas que je joue avec vous ? demandai-je.

– Parce que t'es pas d'ici, répondit méchamment le garçon. Mon père a dit que tu viens de Paris. T'es même pas de la région !

– Mais enfin, ma grand-mère habite ici.

– Ça, ça ne compte pas ! Si t'es pas né ici, tu es un étranger. Et nous, on ne joue pas avec les étrangers, c'est la règle.

Le garçon culbuta deux pierres du muret comme s'il cherchait quelque chose.

– Regarde, dit-il en prenant un gros escargot. Moi, on m'appelle Crabouille. Parce que les escargots, je les écrabouille d'une seule main, comme ça !

J'entendis craquer la coquille. Il rouvrit la main sur une masse gluante.

– Alors, si on te voit encore par ici, je fais la même chose avec toi.

Et, paf ! il me lança l'escargot écrabouillé en plein visage. Les autres enfants éclatèrent de rire et chantonnèrent :

– Il est plein de bave d'escargot ! Il est plein de bave d'escargot !

– Allez ! lança Crabouille, triomphant. Venez, on va jouer ailleurs. Lui, il est trop sale, ça me dégoûte.

Avant de suivre les garçons, une des trois filles s'approcha de moi.

– Je m'appelle Élodie, dit-elle en rougissant.

Ses yeux bleus brillèrent dans le soleil. Elle ajouta :

– Crabouille, c'est mon amoureux, mais parfois je trouve qu'il est méchant.

Et elle partit en courant rejoindre les autres.

Je rentrai chez Grand-mère en pleurant. L'escargot écrasé était toujours collé sur mon visage.

– Mais qui t'a fait ça, mon petiot ? demanda-t-elle.

– C'est Crabouille ! Il a dit que je serai toujours un étranger. Ils ne veulent pas jouer avec moi.

– Ah là là... Mon pauvre Benoît ! Viens ici, que je t'enlève ça. Faut pas les écouter. Ce sont des sots. Ils ne réfléchissent pas plus que des moineaux bagarreurs.

C'était sûrement la vérité, mais je me retrouvais quand même tout seul. Les vacances commençaient mal. Grand-mère avait du travail et, de toute façon, elle n'avait plus l'âge de jouer. Après midi, Grand-mère vit que je m'embêtais, elle me dit :

– Viens m'aider si tu veux. Comme ça, tu verras d'où vient le lait.

Je vis tout ! Je vis d'où venait le lait, d'où venaient les œufs. En plus des vaches, des poules, des lapins, des dindons et des canards, Grand-mère avait aussi une chèvre et un bouc. La chèvre était marrante, mais le bouc puait le très vieux fromage. Je passais mon temps à caresser des bébés lapins et à chercher des vers de terre et des escargots pour les poules.

2
Piège en chemin

Le samedi matin, Grand-mère me dit :

– On va manquer de pain. Tu te souviens du chemin pour Darsac ? Tu iras nous chercher un pain de huit livres.

Bien sûr, je me souvenais du chemin et j'étais ravi de cette mission de confiance. À l'aller, c'était tout simple, je parcourus vite les trois kilomètres.

Le retour fut plus dur. L'énorme pain était lourd, et encore tout chaud. Je ne savais pas trop comment le tenir sans me brûler les mains. Au dernier tournant avant le village de Grand-mère, je vis une forme bizarre en plein milieu de la route. Ça ressemblait à un ballon trop gonflé. Je m'approchai, ce n'était pas un ballon. Ça avait des pattes ! Et, comme je me penchais pour regarder de plus près, spaf ! la chose m'explosa au visage.

L'instant d'après, toute la bande du village apparut derrière un muret. Les garçons et les filles rigolaient tellement qu'ils étaient pliés en deux. Seule Élodie ne riait pas. Moi, j'avais plutôt envie de pleurer. Ma figure était couverte d'éclaboussures fétides.

– T'as jamais vu ça, hein ? me cria Crabouille. C'est tout bête, tu prends un crapaud, tu le gonfles par le cul avec une paille, tu le poses par terre et puis... slatch ! tu tires dedans.

Crabouille brandit fièrement un petit lance-pierres. C'était un crapaud ? Beurk ! J'étais

couvert d'éclaboussures de crapaud ! Indigné, j'ai crié :

– Je le dirai à ma grand-mère !

– Cause toujours, répliqua Crabouille. On court plus vite qu'elle !

Mais, cette fois, je ne voulais pas me laisser abattre. Je n'allais pas pleurer devant eux ! Je m'essuyai le visage avec un mouchoir. Je repris mon pain, tombé à terre, et continuai ma route sans les regarder. Les rires s'arrêtèrent d'un coup, et ils me laissèrent passer.

J'aurais préféré ne rien dire à Grand-mère, mais j'étais couvert de jus de crapaud. Heureusement, le pain avait été épargné.

– Ce sont des chenapans ! s'écria Grand-mère. J'irai voir le père de Rémy.

– Rémy ? demandai-je, étonné.

– Oui, son nom, ce n'est pas Crabouille, c'est Rémy.

– Grand-mère, je t'en prie. Je veux régler ça tout seul. Ils m'ont eu une fois ; la prochaine fois, je saurai me défendre.

– Ah, mon pauvre petiot ! À la campagne, ce ne sont pas les tours de chenapans qui manquent. La prochaine fois, ils te feront autre chose. J'ai connu tout ça, moi aussi.

Grand-mère fit silence un instant, puis ajouta :

– Moi aussi, j'ai été jeune...

– Raconte, Grand-mère ! Raconte ! Qu'est-ce que tu faisais, toi ?

Et elle me raconta. Jamais je n'aurais pu croire une chose pareille. Dans sa jeunesse, Grand-mère était chef de bande. Elle avait fait des trucs impensables. Ses parents l'avaient même surnommée « la reine des bêtises ». Elle connaissait bien le coup du crapaud gonflé. Elle aujourd'hui si gentille... Jamais je n'aurais pu croire une chose pareille si elle ne me l'avait pas racontée elle-même.

3
Peur bleue

Quelques jours plus tard, lorsque je repartis chercher du pain, je fis tout pour être vu par la bande à Crabouille. Car, cette fois, dans ma poche, j'avais une arme secrète : dans le foin de Grand-mère, j'avais déniché un vieil œuf de cane tellement pourri qu'il sentait mauvais à travers sa coquille.

Au retour, comme je l'avais espéré, la bande à Crabouille me bloqua le passage.

– On a dit qu'on ne voulait pas te voir, lança Crabouille.

– J'aide ma grand-mère, répondis-je. Je lui rapporte du pain. Ça te dérange ?

Crabouille m'adressa un faux sourire.

– Je voudrais te montrer un truc, dit-il en ricanant.

Il tenait un sac en toile. Un animal remuait dedans. Crabouille l'immobilisa à travers la toile. Puis il ouvrit le sac, y glissa doucement la main et en sortit un long serpent, fin, noir et brillant. La bête se débattit en se tortillant. Mais Crabouille l'empoigna fermement à deux mains. Une juste derrière la tête, l'autre aux deux tiers de l'animal.

– Alors, on est moins bavard ! lança fièrement Crabouille. C'est juste une couleuvre. Ça ne mord même pas ! Il n'y a aucun danger. Regarde, moi, je joue avec.

De toute évidence, Crabouille n'avait pas peur des serpents. Moi, j'étais pétrifié d'horreur. Brrr... les serpents... Un corps luisant et froid, sans pattes, leur manière d'avancer en rampant, leur tête sans cou, leurs yeux minuscules, leur langue fourchue...

Crabouille s'approcha de moi.

– Allez ! dit-il. Si tu veux jouer avec nous, prends-la en main. Si t'oses pas, c'est que t'es qu'un trouillard, et ici on n'aime pas les trouillards.

Je n'osais pas. Cela m'étais impossible ! Certaines personnes ont peur des souris, des araignées ou des chauves-souris, moi... j'avais une peur bleue des serpents. Même en image, ils m'effrayaient.

– Alors, dit Crabouille, je vais lancer cette couleuvre sur toi, et elle va s'entortiller autour de ton cou.

Crabouille voulait me ridiculiser. Il fallait que je réagisse. L'air de rien, je glissai ma main dans ma poche. Mon arme secrète était toujours là...

Et, comme il s'approchait encore en me menaçant avec sa couleuvre, plop ! je lui balançai l'œuf pourri en plein sur le crâne.

Profitant de l'effet de surprise, je filai à toute allure vers le village. Tout en courant, j'entendis des rires. Crabouille était furieux. Tous les

autres rigolaient. Le gros œuf pourri lui dégoulinait sur la tête. Et, en plus, c'était Élodie qui riait le plus fort.

J'arrivai tout essoufflé chez Grand-mère.

– Eh bien ? s'étonna-t-elle. Qu'est ce qui t'arrive, mon petiot ?

Fier de ma victoire, je lui racontai tout, mais elle me gronda à moitié :

– Rémy a eu ce qu'il méritait. Par contre, on ne gaspille pas un œuf pour se bagarrer.

Elle me dit cela parce que je n'avais pas osé dire que l'œuf était pourri. Ensuite, elle m'ex-

pliqua la différence entre les couleuvres et les vipères. Les couleuvres étaient sans danger. Au pire, ça pinçait un peu. Au contraire, la morsure de vipère pouvait être mortelle, surtout près d'une veine ou au niveau de la tête.

– En mordant, me dit Grand-mère, la vipère injecte du venin. Alors on gonfle, et on finit par étouffer. J'ai une chèvre qui s'est fait mordre. Je n'ai rien pu faire pour la sauver. Il faut faire attention avec les serpents, continua-t-elle. Peu de monde sait vraiment les reconnaître. Par exemple, la couleur n'a rien à voir.

Pour distinguer à coup sûr une vipère d'une couleuvre, il fallait regarder la queue et la tête. Une tête en triangle et une queue courte, c'était une vipère. Une tête arrondie et un corps bien effilé, c'était une couleuvre. Les explications de Grand-mère étaient loin de me rassurer. J'en avais la chair de poule. Pour finir, elle ajouta :

– Je suis inquiète. Rémy va chercher à se venger. Il est comme son grand-père. Ah, mon petit Benoît ! Je trouve que tes vacances commencent bien mal.

Grand-mère avait raison. Je l'appris plus tard : après le coup de l'œuf pourri, Crabouille avait juré de se venger. Il s'était fâché contre ceux qui avaient ri de lui. Il avait aussi menacé Élodie. Mais Élodie avait ri de plus belle.

Pour ne rien arranger, à la messe du dimanche, Élodie s'était retournée et m'avait souri en me faisant un petit signe de la main. Crabouille l'avait vue. Il n'avait pas osé bouger, mais il était devenu rouge de colère.

4
Vengeance

Le lendemain matin, Grand-mère et moi, nous partîmes en forêt pour cueillir des framboises sauvages. Un peu avant midi, j'entendis hurler de peur. C'était la voix d'Élodie. Sans hésiter, je me mis à courir en direction des cris.

– Fais attention ! me lança grand-mère. Par

là-bas, il y a une clairière pleine de vipères.

Vipères ? Ma frousse des serpents m'arrêta net. Et si je me faisais mordre ? Élodie hurla encore plus fort.

– Il se passe quelque chose, reprit Grand-mère. File voir, mon petiot. Moi, je ne peux plus courir.

J'hésitai. J'avais tellement peur des serpents ! Mais le sourire d'Élodie me revint à l'esprit. Je rassemblai tout mon courage et fonçai droit devant.

À toute allure, je sautai par-dessus plusieurs arbres morts couchés à terre. Ensuite, je descendis le long d'un ruisseau. En bas, il y avait une clairière bordée de ronces.

Élodie était là, pâle et tremblante. Crabouille l'avait poussée contre les épines et il s'approchait d'elle, un serpent dans les mains. La tête de l'animal n'avait pas la même forme que la couleuvre noire de l'autre jour. Aussitôt je criai :

– C'est dangereux, lâche ça !

Crabouille reconnut ma voix et se retourna avec un vilain sourire.

– Tu tombes bien ! dit-il. On parlait justement de toi. Je disais que tu étais aussi laid que cette couleuvre. Alors je demandais à Élodie de l'embrasser. Puisque tu lui plais, elle devrait aussi aimer les serpents !

– T'es complètement fou ! criai-je à Crabouille. C'est pas une couleuvre. C'est une vipère que tu as attrapée. Si elle mord, on peut mourir.

– C'est ça, dit-il en ricanant. Tu veux essayer de me faire peur. Eh bien, c'est raté ! Moi, je sais que c'est une couleuvre. Tous les serpents bruns sont des couleuvres !

Crabouille approcha le serpent du visage d'Élodie.

– Allez, Élodie ! Embrasse ce beau serpent, puisque tu aimes ça !

En voyant ce qu'il faisait, je criai de nouveau :

– Arrête ! Tu vas la tuer !

Mais Crabouille continuait d'approcher le serpent. J'aurais dû foncer sur Crabouille et lui arracher l'animal des mains. Mais toucher un serpent, ça m'était impossible. Au dernier moment, Élodie me supplia avec ses grands yeux bleus. Alors, je bondis quand même...

D'une main, je poussai Crabouille, de l'autre, je tirai Élodie vers moi. Rien de grave n'aurait dû arriver, mais Crabouille perdit l'équilibre et tomba sur le côté. Sous le choc, le serpent par-

vint à se dégager de ses mains, se détendit, vif comme l'éclair, et le mordit à la main.

– Aïe ! Sale bête ! cria Crabouille.

Il regarda son poignet. Les deux crochets à venin du serpent lui avaient entaillé la chair. Un peu de sang perla.

– Regardez ! s'écria Élodie. La morsure... elle gonfle déjà !

– Oui, gémit Crabouille en serrant les dents. Et ça fait de plus en plus mal. C'était bien une vipère. Je suis foutu...

– Non ! criai-je. Relève-toi ! Il faut rentrer au village.

Mais la morsure semblait grave. La vipère avait injecté son poison près d'une veine. Le poignet de Crabouille enflait à vue d'œil.

– J'ai la tête qui tourne, gémit-il. Je… je n'arrive pas à me mettre debout.

Je ne savais plus quoi faire. Grand-mère arriva enfin.

– Oh, misère de misère ! s'écria-t-elle, tout essoufflée. Benoît, cours jusqu'à Darsac pour avertir le docteur. Élodie et moi, nous allons ramener Rémy au village. Vite, dépêche-toi ! Chaque minute compte.

Grand-mère n'exagérait vraiment pas. Sous l'effet du venin, Crabouille venait déjà de perdre connaissance.

Ce jour-là, je m'en souviendrai toujours, je courus à perdre le souffle. La vie de Crabouille dépendait de moi. Mais Darsac était loin. Il me fallut quand même une demi-heure pour y arriver.

5
Sauvé !

Le lendemain matin, le village était tout triste. Malgré un beau soleil, personne ne jouait autour de la fontaine. Le docteur avait fait de son mieux, et Crabouille avait été sauvé de justesse. Par contre, il mettrait longtemps à retrouver ses forces.

Élodie et moi, nous allâmes le voir. Nous entrâmes dans sa chambre. Le terrible Crabouille était là, couché dans son lit. C'est à peine s'il arrivait à parler. Son visage était très pâle.

– Alors, demandai-je. Ça va mieux ?

Crabouille cligna faiblement des paupières.

– Le docteur dit que tu as failli mourir, lui confia Élodie, encore tout inquiète. Il faut que tu te reposes.

À ces mots, les yeux de Crabouille se remplirent de larmes. D'une voix toute faible, il bredouilla :

– Mes parents m'ont tout raconté. C'est toi, Benoît, qui as couru chercher le médecin. Sans toi et ta grand-mère je serais sûrement mort. Mon père m'a dit de vous demander pardon… à tous les deux. C'est vrai, j'ai été idiot.

Élodie et moi, nous ne savions pas quoi répondre, tellement nous étions émus. Je bafouillai juste :

– Ta mère ne veut pas qu'on te fatigue trop longtemps. Nous reviendrons demain. Tu peux compter sur nous.

Quand nous sortîmes de chez Crabouille, Élodie me prit la main.

– Moi aussi, je dois te dire quelque chose, lança-t-elle en me regardant de ses si jolis yeux bleus. Si tu n'étais pas venu à mon secours, c'est peut-être moi qui aurais été mordue. Alors… merci, mon Benoît !

En disant cela, elle m'a fait sur la joue un petit bisou tout doux. Je crois bien que je suis devenu tout rouge. Mon cœur s'est mis à battre très, très fort.

Finalement, mes vacances ne commençaient peut-être pas si mal que ça !

Achevé d'imprimer en octobre 2006 par Oberthur Graphique
35000 RENNES – N° Impression : 7320
Imprimé en France